엄마라서 괜찮아

엄마라서 괜찮아

초판 1쇄 발행   2017년 12월 31일

글   Jo 드로잉키친
펴 낸 이   한승수
펴 낸 곳   문예춘추사

편   집   정내현
디 자 인   김연수
마 케 팅   신기탁

등록번호   제2016-000080호
등록일자   2016년 3월 11일

주   소   서울시 마포구 동교로27길 53 지남빌딩 309호
전   화   02 338 0084
팩   스   02 338 0087
E-mail   moonchusa@naver.com

I S B N   978-89-7604-356-6 (03810)

＊책값은 뒤표지에 있습니다.
＊잘못된 책은 구입처에서 교환해 드립니다.

초보 맘의 가슴을 울린 한 컷 공감

엄마라서 괜찮아

Jo 드로잉키친 지음

문예춘추사

나도 사랑받던 존재였구나.

13년 동안 회사 생활을 하다가 일을 그만두고 조금은 늦은 나이인 38살에 아기를 낳았습니다.

열 달 동안 매일매일을 함께한 배 속 아이, 서우는 이제 두 돌이 다 되어 갑니다. 세상 모든 엄마가 그러하듯이 아이가 제 안에서 첫날을 보낸 뒤부터 지금까지 아이는 엄마인 저를 걱정과 사랑과 추억 안에서 살게 합니다.

온종일 아이에게 몰두하고 육아에 지쳐 가던 어느 날, 문득 제가 부모님에게 얼마나 의지하며 기대고 있는지를 깨달은 적이 있습니다. 아픈 몸으로 운전을 하며 딸네 집을 방문하고, 앉아 있을 틈도 없이 분주히 집안일을 하며 아이를 돌보아 주는 제 부모님을 본 순간 말입니다.

눈물이 나왔습니다.

'엄마처럼 하지 말아야지, 아빠처럼 하지 말아야지.'라고 생각하고 그분들로부터 도망가느라고 헉헉 되던 나를 부모님은 이해하고 보듬어 주었던 것입니다.

모든 것이 부족하다 해도 부모님의 사랑으로 채울 수 있다고 생각하니, 힘들고 우울하기만 하던 일상이 눈 녹은 땅속에서 나오는 새싹처럼 다시 행복을 찾아 고개를 들기 시작했습니다.

아이가 자라는 모습을 부모님께 사진과 영상으로 공유하면서 자연스럽게 '우리의 이야기'를 하게 됩니다. 나를 길러 준 부모님과 형제들, 그 이야기 속 중심인 '엄마인 나'의 이야기.

그런 이야기 속에 내가 자라 온 시절에 대한 '낯익은 생경함' 또는 '낯선 익숙함'을 수도 없이 마주하며, 아이를 통해 다시 연결되는 성장 이야기 속에서 엄마와 나는 웃음을 나눕니다.

그리고 이런 기억의 순간을 쓰고 그리기 시작했습니다.

아가야, 네가 있어서 내가 얼마나 사랑받고 살았는지를 깨닫게 되었고, 너를 얼마나 사랑하는지도 알게 되었단다.

몸이 커가고 나이가 들어도 어린아이 같은 내가 갑자기 출현하듯, 내 아이도 분명 그런 시기가 오겠지요. 그럴 때면, 내 부모님이 그러했듯, 무한한 사랑을 채워 주고 내가 할 수 있는 만큼 아이를 힘껏 안아 주렵니다.

· Jo 드로잉키친

contents

PART 01

너를 부를 수 있는 엄마가 되었어

PART 02

PART 03

우리 닮았나요?

PART 04

네게는 늘 맑음이 되고 싶어

PART 01

너를 부를 수 있는

엄마가 되었어

겨울 아이

이렇게 작은 너를 부를 수 있는 이름이 생겼다.
그리고 난 너의 하나뿐인 '엄마'가 되었구나.

조
리
원
의
하
루

이른 아침 기상해서 젖을 먹이고,

내 식사를 받아먹고

또다시 먹이고, 받아먹고

자기 전, 하루의 마지막 젖을 먹이고……

지나고 보니 조리원의 하루는 꿈 같은 나날이었어.

14 & 15

나의 엄마라서 고마워

딸네 온다고 예쁜 옷 입고 온 엄마지만,

아기 업고 내가 허둥댈까 싶어

서둘러 앞치마도 없이 분주히 집안일을 한다.

수술 뒤 오랜 시간이 지나지 않아
거동이 불편했을 텐데도 딸을 위해
쉬지도 않고 2시간 넘게 운전한 아버지.
소파에 앉아 지쳐
그대로 잠든 모습에 불효는 하지 말자고
다짐 또 다짐한다.

004

아빠

005

한밤중 오줌 세례

비몽사몽 한밤중,
한두 시간 간격으로 수유를 하고
기저귀를 갈다 보면
가끔 얼굴에 맞는 너의 오줌 분수 세례.

수유하다가 몇 번 사레가 들리고,
배앓이 하나 싶어 물을 먹여도 보고.
그런데도 밤새 힘들어 우는 너에게
엄마가 더는 아무것도 못 해 줘서 미안해.

엄
마
는
열
공
중

경험해 보지 못한 상황들에 늘 긴장하며
육아서를 탐독하고 정독한다.
머릿속에선 이미지로 잘 그려지지만,
역시나 실전에선 늘 당황하는 초보 엄마.

주말 저녁, 3~4시간을 내리 울기만 하는 아이를 보며,
배앓이, 영아 산통…… 내가 아는 원인은 그게 전부인데
내 판단으로 아이가 잘못될까 봐 무서웠다.
서둘러 아이를 감싸 안고 덜덜 떨며
우리는 그렇게 근처 대학 병원으로 달렸다.
앞으로 가슴 철렁한 이런 일을 얼마나 더 겪을까.

응급실 가다

뒤
집
기

배밀이를 몇 번 하는 것을 시작으로
힘겹게 몸을 뒤집는 널 보며,
책 속의 성장 과정을
순서대로 하나하나 해내는 게
신기하고 감탄스러워, 엄마는.

PART 01 너를 부를 수 있는 엄마가 되었어

갈대

자면 조물거리며 깨우고 싶고
깨면 다시 재우고 싶고,
너와 나 둘뿐이라서 그런가.
자꾸 내가 성가시게 굴게 되네.

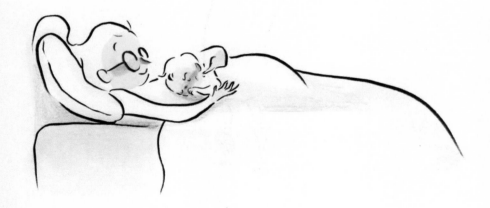

PART 01 너를 부를 수 있는 엄마가 되었어

초
라
한
행
색

전신 거울에 비친 내 형색을 보니,
이너웨어에 두꺼운 양말, 레깅스,
나의 전용 유니폼.
누렇게 변색되어 지워지지 않는
모유 자국과 그 외 흔적들.

순간 업혀서 환히 웃는 널 보며,
'괜찮아 괜찮아, 다 그런 거야!'
애써 위로해 본다.

012 (No Miracles!)

짐작대로 100일 기적은 없었다.
명주실을 목에 걸고 목 놓아 울어 버린 너.

013 〈 이리 온⋯⋯. 할미의 외침 〉

내가 인식하는 세계에서
아직 할머니는 없어요. 미안해요.

전 지금 제 장난감을 보러 가야 해요.

택
배
입
니
다

반가워요!

외출이 힘드니 아기용품은
온통 인터넷 쇼핑으로 사게 된다.
'딩동!'
반가워요. 내가 산 물건도
온종일 처음 만나는 사람인
택배 기사님도.

015 ◖ Judge! ◗

엄마가 지금 엄청난 인내심을 발휘 중이야.

엄마 얼굴 좀 봐!

아니 짝짜꿍은 왜 하니!

웃지 마.

느리지만 더디지만

꼬물꼬물 애벌레처럼,
속도는 느리지만 제 속도로 가 주렴.
엄마도 절대 멈추지 않을 테니까.

오늘도 엄마는 계속 진화한다.

책을 찢었다.
찢은 종이로 비행기를 접어 주었다.
곧, 내 이마에 꽂힌 종이비행기…….

심바의 울음

고요한 깊은 밤.

암흑 주간과 이가 나오는 시기가 겹친
폭풍 같은 밤이 찾아왔다.
아기 사자 '심바'처럼
그렇게 밤새도록 울부짖는구나.

019

너
무
애
쓰
지
마

오늘 하루는 이제 잊는 거야.

넌 오늘도
엄마로서
최선을 다한 거야.

 Upset!

너도 거꾸로
내 기분도 거꾸로!

아이 아빠가 되는 게 쉽지가 않네요.
만만찮은 육아 생활과 가장으로서
오늘도 열심히 체력 단련 중인 당신, 응원합니다.

힘내요 당신

한
통
의
전
화

우울증이 남의 얘기인 줄 알았는데…….
엄마로서 자괴감에 계속 빠지다 보니,
곧잘 울적해지는 나를 발견했다.
어느 날, 두 아이의 엄마인
조리원 친구와 통화를 하다가,
"어떤 사람보다 지금의 네가 아이에겐 최고인 거야.
곁에 있으니깐."
친구의 이 한마디에 눈물이 쏟아졌다.

'그래, 난 지금도 충분히 좋은 엄마야.'

삶의 기울기

돌이 지나고 나니,
내가 그나마 편히 연락할 수 있는 곳은
'조리원 동기뿐.'
제법 큰 아이 엄마도
미혼이나 아이 없는 유부녀도
내가 속한 세계가 더는 아니었다.

나의 삶의 기울기는
오직 아이를 중심으로 변화하고 있었고,
내가 지키고 키워 나가야 할 세계가
아이임은 자명하다.

Baby in the Mirror![*]

거울아 거울아,

신기하지? 또 다른 내가 보여. 우와!

025

이
발

처음 이발기로 머리 자르던 날,

손은 떨리고 아이는 머리카락을 삼키고

순식간에 지나간 이발기 덕에

머리 위만 남긴 해병대 머리가 되었다.

026

빨
래

빨래를 했다. 물론 다시 헹구어야 했지만.
아하! 헨젤과 그레텔 놀이였구나.

낫
잠

낮잠.
결코, 내가 아직 가질 수 없는 것.

널 좋아하고 사랑하지만,
엄마는 다크서클이 빠지지 않는구나.

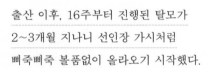

출산 이후, 16주부터 진행된 탈모가
2~3개월 지나니 선인장 가시처럼
삐죽삐죽 볼품없이 올라오기 시작했다.

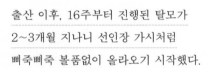

028

선인장

웃지 마!

PART 01 너를 부를 수 있는 엄마가 되었어

서
운
함

언제부터인가

뾰족한 실체 없는 대화가 오간다.

알 수 없는 서운함에 사이좋았던

엄마와 난 그렇게 서로 상처를 쌓아 가고 있었다.

설거지하던 엄마가 그날도 여지없이

들어오는 공격에 갑자기 울컥한다.

"엄마도 표현하는 게 서툴러서 그래!

엄마도 다 처음이잖아…….

아무튼, 미안해! 엄마가."

알면서도 난 왜 그랬을까.

우리 엄마도 모든 게 다 처음이었음을.

항상 내 부모를 이해하는 건

어려운 과제인가보다, 자식에겐.

당근의 기분

이유식 다 잘 먹더니만, 어째서 당근만 안 먹는 거야?
당근 너무 미워하지마. 당근도 상처받아.

제법 놀라겠지?

요즘 떼쓰는 아이가 조금은 얄미웠다.

요놈, 맛 좀 봐라. 어흥!

기어이 큰 울음을 터뜨린다.

미안한 마음에 다가가자,

순간 잡혀 버린 내 머리채!

반
전

❨ 모두 도망가! ❩

일 년을 채워가는 아이,
요즘 책을 찢는 것도 모자라
괴성과 함께 인형 친구들을 물어 버린다.
이것도 성장 과정 중 일부겠죠?

나만의 비밀스러운 시간

배변 활동! 꼭 혼자 있을 시간이 필요해.

아주 급한 용무를 봐야 하거든.

그러니까…… 시간 조금만 줄래?

엄마도 화장실에서만큼은 문을 닫고 싶다고.

034

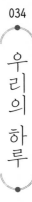

우
리
의

하
루

일어나 먹고 울다가 웃다가 떼쓰다가

장난하다가 목욕하고 저녁을 먹고는

내일의 성장을 위해 다시 잠자리로 가 에너지 충전.

PART 01 너를 부를 수 있는 엄마가 되었어

난 도대체 무슨 자신감으로
아이를 낳았을까?

준비도 안 된 나의 미숙함에 화도 나고
자책하다가 주책없이 눈물도 나고
마음의 삿뜀이 온종일 힘들게 해도
결국 서로가 있어서 다행이다.

035

울다가 웃다가

모든 것은 자란다. 그것도 빠르고 크게.

한 살이 지나 그새 한 뺨 더 자란 아이.

비단 키나 몸무게뿐만 아니라

이제는 제 힘자랑도 하며 애착 인형, 장난감, 책……

보이는 모든 사물을 한창 못살게 구는 요즘이다.

언젠가 품 떠날 아이를 생각하며

매일 아이와 같이 씨름하고 부둥켜 울며 웃으며

진짜 잃어버리는 시간이 없도록

오늘도 잘 지내려 한다.

고열

감기 환자가 많아 한 시간 넘게 기다리는

대기실에서 아픈 애라고 볼 수 없는 몸 사위를 보여 준다.

다시 돌아갈까 고민하던 찰나, 다시 붉어지는 얼굴.

그렇지! 열이 내려갈 일이 없지.

038

겨
울
산
책

아직 아이가 어린 데다가
겨울 날씨에 어디 멀리 갈 데는 없고
둘 다 꽁꽁 싸맨 채,
아파트 산책로를 걷기 시작했다.
쓰러질 듯 기우는 나무와 뺨을 때리는
칼바람에 연신 콧물만 훌쩍훌쩍.

◦ 내 안경 다오!

'어라⋯⋯ 안경⋯⋯ 어디?'
고도 근시로 안경 없인 지척에 둔 사물도 분간이 어려운 나로선,
아침에 벗어 놓은 안경이 사라지는 당혹스러운 일 덕에
안경을 잘 숨겨 두곤 했는데.
오늘 아침은 웬일인지 아이의 손아귀에서 놀아나는 내 눈들!

집에서 컴퓨터 작업을 할 때면 마우스를 사수하느라 진땀을 뺀다.
그럼, 이거 가지고 놀까? 우연히 쥐여 준 알록달록 포스트-잇.

그래, 그거 다 붙일 때까지만…… 엄마 좀 봐줘.

041

빠
삐
용

스티브 맥퀸은 영화 '빠삐용'에서

이름 그대로 나비를 쫓는 죄수다.

지금, 또 한 명이 나비가 아닌

빨간 자동차를 쫓아 온 힘을 다해 기어간다.

목욕시키느라 이미 힘을 소진한 난

겨우 바지(껍데기)만 부여잡을 뿐.

아빠의 출장

출장이 잦은 남편.
매번 트렁크에 짐을 꾸릴 때면 일어나는 일.
내 마음도 같이 보내고 싶은 심정이 인다.

이제 좀 나와 줄래?

엄마도 처음이잖아

빨
간

의

자

빨간색이라 더욱 눈에 띄었을 거다.

지치지도 않고 의자와 씨름을 한다.

아침에는 일광욕하며, 걸음마 연습도 도와주고

숨바꼭질 놀이까지 같이 하는 좋은 친구.

청
개
구
리

난 어려서부터 청개구리였다.
소위 '반골 기질'이었던 셈이다.
나의 아이를 관찰한다.
오라는 손짓엔 가고,
제 쪽으로 가면 되돌아서고,
돌아서면 따라오는 녀석.

쉼 없이 가르쳐 준 '쥠쥠', '곤지곤지'도
누가 보면 안 하는 걸 보니
역시! 넌 내 과야.

똑똑! 엄마 들어가도 되니?

아직 엄마는 네가 뭘 원하는지 다 알지 못해.

가끔 엄마는 너만큼 어렸을 때로 돌아가

너와 대화를 나누고 너의 말을 이해했으면 좋겠단다.

PART 02 엄마도 처음이잖아

밀린 빨래하랴, 청소하랴…….
마침 걸려 온 친구와 전화 통화하려고
걸레질을 하며 돌아선 그 찰나의 순간,
너는 결심하듯 물티슈를 잘도 뽑아내더구나.
두 손은 그러라고 있는 거구나.

당신이 통화하는 사이

047

세 시간 동안

돌이 지난 아이와 함께한 일 년 동안
다행히 크게 아플 일 없이 잘 지냈건만,
연말에 무시무시한 몸살과 싸움을 했다.
약 먹고 누운 동안 아빠와 놀다 웃다 울다 하는
아이 덕에 몇 번이고 방을 나설 고민을 하다가
그동안 단 한 번도 낮잠을 잔 적이 없다는 걸 깨달았다.

혼자 누워 있던 세 시간이
아픔을 잊게 할 만큼
평온했음을 고백해 본다.

82 & 83

나무 장식은 할 수 없어.

왜냐고? 나 때문일 거야.

그러니 우리는 이렇게라도 기분 내자고, 친구.

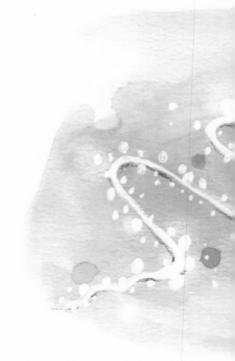

049

늙은 엄마

엄마는 늦은 나이에 나를 낳았다.
어려서부터 엄마는 '늙은 엄마'였다.
작은 키, 흰 피부, 갈색 머리에 파마.
나이 들어 보이는 외모라기보다,
진짜 나이 든 엄마였다.
내가 늦은 나이에 첫 아이를 낳고 나니,
이제는 내가 '늙은 엄마'가 되어 버렸다.
엄마는 벌써 자기 키에 반이 되어 가는
녀석을 둘러업고 앞장선다.
점점 '늙어가는 나의 엄마' 뒤를
또 다른 늙은 엄마가 따라간다.

올해도 고마웠어, 엄마.

숨바꼭질

온종일 가지고 놀던 블록에
괜한 싫증이 났나 보다.
여기저기 내던져 놓고서는
잔뜩 심통 난 얼굴로 다리 사이를 파고 든다.

그럼, 엄마가 설거지만 얼른 할게.
그동안 숨바꼭질 놀이하자.
꼭꼭 숨어라. 머리카락 보일라.

리모컨 컬렉터의 하루

기저귀 탈출 방지용이자
점잖게 밥 먹이고 싶을 때나
'엉엉' 울던 울음도 뚝!

자나 깨나 너와 함께
오늘도 또 다른 녀석을 사냥하러
두리번두리번.

나는야 리모컨 컬렉터!

문이 열리다

문이 열렸다. 아니 열었다.
드디어 문이 열린 것이다.
너의 세계가 넓어진 만큼
엄마의 근심과 피로도는
한층 높아졌단다.

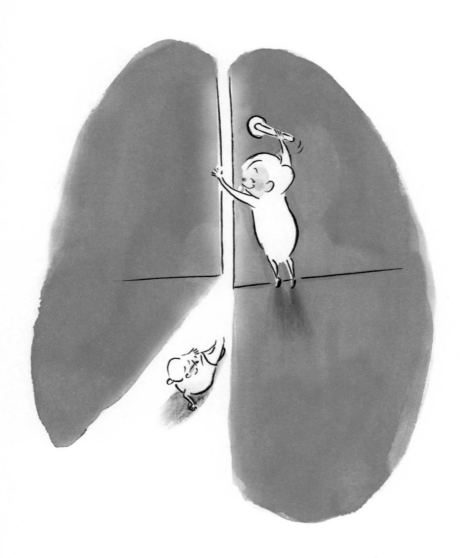

투
우
사

어째서 내 눈엔 넌 항상 '전광석화' 같은
속도로 사고를 치는 것이냐!
샛노란 식탁 매트에 열심히 만들어 준
밥, 국, 반찬을 자기 손으로 먹으려고
노력하는 아이를 보며
고마운 마음이 드는 것도 잠시……
투우사의 빨간 천처럼 잡아챈
노란 식탁 매트는 허공에서 너울이 일고
엎질러진 밥과 국은 사방에 그리고
내 몸과 마음에도 튀어 생채기를 내었다.

《 두두두…… 우우…… 아 》

11시! 1시! 몰려옵니다!
두두두두두…… 우우…… 아…… 해!

오늘도 비행기를 띄웠다.
주기적인 식사 거부에 고심하여 찾은 방법은
역시나 서로 즐기는 시간을 만드는 것.
나의 조급함을 버리니 아이가 웃는다.

엄마의 음식

독감으로 병원에 입원까지 한 엄마.
며칠째, 속이 진정이 안 되어서
엄마는 식사도 제대로 못 하였다.
전화기 너머로 안부를 묻는 나에게 힘없이
"엄마가 해 준 보리밥이랑 총각무가 먹고 싶어……."
말랐던 몸만큼이나 성말랐던 내 기억 속 외할머니.
엄마는 지금도 돌아가신 '엄마의 음식'이
아플 때면 떠오르나 보다.
나에게도 엄마의 음식 하면
들기름 냄새가 풀풀 풍기는 '두부찌개'가 떠오르듯이.

내 아이에게도 그런 음식이 생길까?

한
순
간

그래도 외할머니의 군자란 꽃은
꺾지 말아야 했다.

언제나 맑음

네가 지루해하고 짜증 내고
울며 보채도 언제나 웃을 거야.
오늘처럼 식판을 뒤엎어도……
웃, 을, 거, 야!

엄마는 늘 네게는 맑음이 되고 싶어.

"어머니, 탈춤을 추오리까!"
미안하구나. 욕심내어 6~12개월 성장을
내다보고 산 옷이 이렇게 클 줄이야.
아이는 더도 덜도 말고
표준대로 잘 성장 중인데
저만치 엄마 욕심만 앞서는 것 같다.

아
이
의
옷

아빠, 타요!

아이가 신호를 보낸다.
아빠가 팔굽혀펴기 자세를 한다.
놀이 기구 1호가 된 아빠의 운동.
아빠와 아들, 그들이 노는 방법.

060

마중

동생이라며 인형 친구를 업고
현관 불이 켜지자마자 아빠에게
뒤뚱거리며 마중 나가는 아이.

061 첫 '아빠' 소리

434일만에 처음으로 '아빠' 소리를 들었다.
놀이 기구 2호, 구름 베개를 태워 주는
부자의 주변엔 사랑의 기운이 가득하다.
오늘도 세 식구에게 한 줄 역사가 보태졌다.

맥
주
한
잔

2년만에 같이하는 맥주 한 잔.
부부가 오랜만에 나란히 앉아
밀린 대화를 속닥속닥.
행여나 잠든 아기 깨울까 싶어
덩달아 몸도 잔뜩 웅크린 우리.

사랑하는 법

반복적으로 자기가 좋아하는 놀이를
밤낮없이 집요하게 해 달라는 요즘이다.
아침부터 잠긴 목으로 우렁차게 사자 소리를 낸다.
비록 염소보다 못한 소리지만 항상 미안하고 사랑하기에
더 잘 놀아 주고 싶은 내 마음.

10초간 부동의 얼음.

탁자 잡고 끄…… 응.

이른 아침 기상 직후,

누워 있는 내 옆에서 하는

응가 활동.

064

네 표정만 봐도

한밤중에

잠귀가 밝은 아이다.
작은 소리에도 몸을 움찔하거나
눈을 떴다 감았다 하며 긴장의 순간을 만든다.
한밤중에, 어둠 속에서 포복으로 기어
문까지 다다른다.
아이를 쳐다보지 않으려 애쓴다.
눈이 마주칠까 두려워서다.

싫어병

엄마의 도움도 마다하고
제힘으로 하려는 게 부쩍 늘었다.
혼자서 무엇이든 하려는 모습에
기특한 마음과 응원의 마음으로
노는 모습을 열심히 촬영 중이었는데
볼풀장을 거의 빠져나온 아이가
나와 눈이 마주친 뒤,
세상 부질없는 표정으로
뒤로 누워 버리는 녀석!

오늘 '떼'와 '분노발작'을 제대로 보여 준 아이.
처음이라 당황했지만,
엄마니깐 열심히 안고 달래 본다.
콧물, 눈물범벅에도
애초에 엄마는 필요 없다는 듯,
나를 뿌리치고 구석에 가서
꺼이꺼이 우는 녀석.

네가 울 때마다 엄마의 마음은
무너져 내린단다.

떼와 서툰 엄마

열

40도,
엄마에게 제일 두려운 숫자.

밤사이 갑자기 변한 아이 상태가
아침이 되어서도 차도가 없다.
병원까지 울며 보채는 아이를 안고 달려가며
애써 침착하자 나를 달래 본다.

감기약

일과 가사와 육아로 이루어지던 나날이
사소한 짜증거리로 균형이 무너지니
곧바로 그 틈새로 찾아온 감기.
요즘 날은 왜 이리 좋은지
녀석을 위해 나간 날,
신이 나 돌아다니는 아이.
나에게 처방전은 비단 약뿐이랴.

나와 반대로 쾌활한 아이를 보는 것.
이게 약이고 활력이지 싶다.

낙
하

아이를 재우고 옆에 누워
하릴없이 스마트폰을 본다.

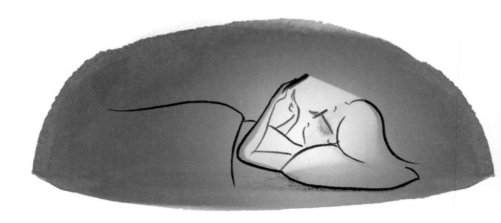

아차!
나의 헛손질에 얼굴로 낙하한 폰.
이런 굴욕이 또 없다.

던져라, 버려라!
굳이 이해가 필요하겠나.
아기니깐, 어리지 않은가.

마음을 비우리.
네가 버리고 던지는 음식이 쌓일수록
내 몸엔 사리가 쌓여가네.
곧 '생불'이 되리라.

노란 수건

엄마는 내가 아기일 때, 나를 감싸던
노란 큰 수건을 고이고이 보관하고 있었다.

내 아이를 낳은 뒤,
엄마는 그걸 내게 건네주었다.
지금, 내 아이는 목욕을 마치고
제 몸을 그때 내가 그랬듯,
그 노란 수건으로 감싼다.

후유증

코감기가 다 낫지 않은 난
머리카락 잃은 삼손이 되어 있었다.
내 아이 변 냄새 하나는
기막히게 맡는 엄마가 아니던가.
목욕을 시키려고 벗긴 기저귀를 본 순간,
'아!' 경악을 금치 못했다…….
이런 변이 있나!

손끝이 아닌 마음이 원하는 걸 모르네.
엄마가 미안해.

귀 기울여 봐도

톡
건
드
리
기
만

해
도

심한 감기 몸살에도 모유 수유 덕에

센 약은 먹지도 못하니 회복이 더디기만 하다.

어느새 아이마저 열이 오르기 시작하니

'나도 엄마가 필요해!' 하던 마음이

'이 아이에겐 내가 엄마지'라는 생각에

진정하자며 마음을 다듬는데,

남편의 위로 손이 그만

두 모자를 펑펑 울게 했다.

PART 02 엄마도 처음이잖아

벚꽃 흩날리는 봄날,

오래된 친구와 만난 뒤,

벚꽃 잎 맞으며 귀가하던 동네 어귀.

너무나 익숙한 피사체…… 남편과 아이.

환하게 웃으며 날 맞이하건만,

내 눈엔 꼬맹이의 휜한 다리만 보인다.

집 앞 마트 가려는 아빠는

시원하게 짧은 내복 하의와 윗옷만 입었다.

봄바람이 참 시원하다, 그렇지?

당신이 아이를 맡은 순간

엄마의 옷장

따뜻해지는 봄이 오니 더는 미룰 수 없어
내 옷장 문을 열었다.
분명 겨울옷만 정리하려고 했는데…….
예전에 잘 입고 다니던 옷이 이제는 맞질 않는다.
몸무게는 오고 가며 큰 변동 없건만
체형이 일 년 전 내가 아니네.
모유 수유로 처진 가슴.
볼록 나온 아랫배, 처진 살.

출산 뒤, 내 옷장은 빈곤하기 짝이 없다.

당신의 주말

그대의 희생으로
아이는 즐거운 시간을 보냈네요.
비록 빨개진 배를 남기긴 했지만,
여보, 정말 고생했어요.

079

단
잠

단잠에 빠져 나른해져 떠오르는 나를

수도 없이 상상하건만, 오늘도 끊임없이

움직이는 익숙하지만 결코 익숙치 않은

부지런한 너의 '윙윙'거림으로

공중 부양은 오늘도 실패!

PART 03

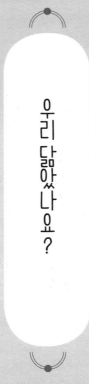

우리 닮았나요?

익숙치 않은 것들

아침을 여는 의식은 여러 가지야.
그중 가장 중요한 활동을 시작할 때
넌 어김없이 책을 들고 오는구나.
세상 모든 일은 타이밍이 중요하단다.
지금이 그래!

(부부 싸움)

아빠: 애가 보고 있어. 나중에! 얘, 기, 해.
엄마: ……! O……K!
아기: '둘 다 빨개! 뭔가 빨개!'

아이 앞에선 절대 내색하지 말자고요.
싸움은 미루었다가 합시다.

146 & 147

PART 03 우리 닮았나요?

아이: 와! 눈이 마주쳤어! 오 온다, 온다.

엄마: 친구네? 인사할까? 왜 뒷걸음을······.

아이: 무당벌레같이 귀여워! 심장이······.

　　　엄마 내 손 좀! 떨려!

엄마: 수줍음이 많은 애였어.

　　　손도 못 올리잖아.

　　　내 뒤로 숨으려고 해.

　　　내성적인 게 분명해!

어느 봄날, 모자의 동상이몽.

083 〈 안녕, 잘 가 〉

엄마도 그동안 많이 아팠단다.
밤새 울며 뭉친 가슴을 풀었던 적도 많았고,
네가 젖을 먹다가 모르고 깨물어서 피가 난 적도 많았어.
모유 수유하면서 네 덕에 살이 많이 빠진 적도 있었지.

네가 성장하며 같이해 온
엄마 '찌찌'를 이젠 보내 주자.
안녕, 찌찌야.

150 & 151

베
이
비
사
인

호기심이 왕성한 요즘,
손가락질은 쉬질 않고,
안심하고 싶거나 안아 달라고 할 땐
나에게 와서 신호를 보내고,
떼 부리고 성날 때면,
저지레와 난장을 동시에 보여 주지만,

어느 순간, 꽃받침하며 날 바라보면
나를 향한, 나만 바라보는 아이의 마음 때문에
엄마 되길 잘했다고……
언제나 그런 마음일 거로 생각해.

변덕인 줄만 알았어.

모든 책을 번갈아 가며 가져오고

장난감이며, 색연필을 쥐여 준 뒤 매번 돌아서자마자

다른 것을 찾는 널 보며 지칠 때도 있었거든.

이제는 매일 모험을 즐기며

탐색하는 너를 응원해 줄게.

변덕쟁이

움직이는 옷

살아서 움직이는 옷을 요즘 자주 본다.
어떤 날은 반나절 동안 목에 두르고
얼굴에 쓰고 나서 온 집 안을 헤매고 다닌다.

왜냐고 묻지 말자.
아이는 그러기 위한 존재이니까.

어떤 결심

신선한 재료가 아까워 먹기 시작했다.

그러다 보니 내 식사는 곧 아이의 남은 밥에 맞춰

보태거나 그대로 먹거나 둘 중 하나였다.

그래서 결심했다. 잔반 처리하지 말자.

나만의 온전한 식사를 차려 날 대접해야겠다.

그렇게 꾸짖을 일도 아닌데 나의 조급함으로
아이의 모험을 방해하고 서글프게 했던 모양이다.
18개월 된 아이가 체념을 먼저 배워선 안 되겠지.
느긋하게 기다려 주고 바라보는 인내가 필요해.

아이: 후후! 책은 그저 거들 뿐.
엄마: 오늘도 용케 책을 피해 가는군!

책은 역시 참고서일 뿐.
타고난 기질대로 아이는
책 속의 아이처럼 커 가지 않음을
오늘도 실감한다.

책
속
의
아
이

모
기
와
함
께
한
여
름

매일 아침, 하나둘 모기 자국이 늘어날수록
점점 뾰로통해지는 아이 얼굴.

· 덥다, 더워

아이가 여름 감기에 걸렸다.
에어컨도 못 켜고 부채질만 연신 해 댄다.

요
구
르
트

한

줄

일요일 오후 두 시,
사이좋게 요구르트 한 줄을 나눠 마신다.

화수분처럼 쏟아지는 아이의 떼.
오늘도 아이의 떼와 밀고 당기기를 한다.

웃으며 참아 내곤 있지만
모든 걸 들어줄 순 없다!

떼와 벌이는 전쟁

대롱대롱

엄마 껌딱지 (재접근 시기)

가끔은 덥고 지칠 때, 마냥 매달리는 아이를
기분 좋게 안아 주지 못할 때도 있다.
이 순간이 늘 마지막이라는 걸 알면서도 말이다.
평생 살면서 나를 이토록 필요로 하고
찾는 일이 얼마나 남았을까.

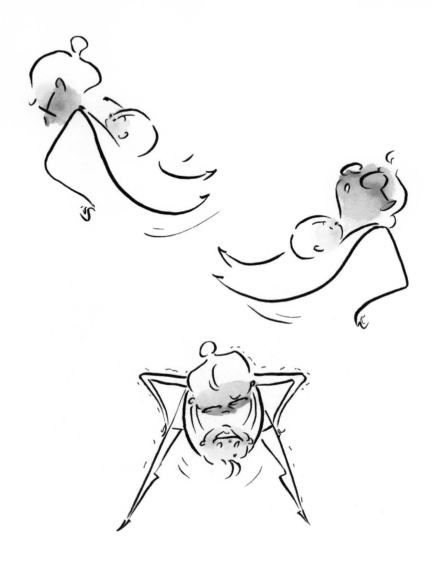

선풍기를 돌려라

나는 땀 식히려 선풍기 앞에,

아이는 프로펠러가 신기해 선풍기 앞에,

땀 식히려다 아이 손이 선풍기 속으로 들어갈까 노심초사.

식은땀만 더 나는구나.

홈 트레이닝으로 다이어트를 시작했다.
나를 위해 아이는 오늘도 힘을 보탠다.

가려 듣는 귀

99% 말을 이해한다 해도 1%의 무시가

날 좌절케 한다.

자기가 원하는 것에는

적극적으로 표현하고 이해하는데,

주의 사항이나 단호한 말 앞에선

모르쇠로 일관하는 능청스러움이 늘어나는 게 문제.

조금 전에 조심해야지 하고 말하면,

곧바로 일을 만드는 경우가 비일비재하니 말이다.

두 살의 똥고집보다……

어린아이의 삶도 어른의 삶도 좌절의 연속임을…….
하고 싶은 걸 제지당하거나 낯선 환경 속에서
자신을 몰아넣는 원하지 않는 순간을 맞이해야 한다.
아이는 미숙한 절제력 때문에 떼를 부리지만,
아이만큼 감정 조절이 서툰 어른은 자기가 어린 시절에
당했던 나쁜 훈육은 하지 않겠다고 다짐하면서도
이내 아이에게 진짜 공감하지 못하는
인내심 없는 자신을 보게 된다.
두 살의 고집보다 미운 건 마흔 살 서툴고
인내심 없는 나다.

가족의 외식

결혼 8주년 되는 날, 아이와 함께해서 더욱 뜻깊은 자리.
연애 2년에 결혼 8년 차가 되니 눈치껏 먹는 것과
아이 음식 서빙이 자동으로 되지만,
음식이 입으로 들어가는 걸 느끼지 못할 만큼
우리는 서툴고 정신은 날아갔다.

◦ (Little Sunshine)

해 뜨는 아침부터 밤까지.

일어나 놀고먹고 자고.

내일도 어김없이 아이는 오늘의 놀이와 떼와 울음도 잊고

잘 자고 일어나 '안녕' 하며 하루를 시작한다.

첫 수영

물 가운데 뛰어들어
헤엄을 치니,
창포 꽃도 춤을 추네.
우쭐거리네.

<방정환, '첫 여름' 중에서>

엄마의 걱정과 두려움을 아이는 오늘도 한껏 넘어선다.
물 만난 아이는 아빠의 손에 기대었지만
마치 제 기량인 양 우쭐대며 노닌다.

빙수야! 팥빙수야!

더위를 식히려 빙수 가게로 들어선 우리는
생애 절대 잊지 못할 맛있는 빙수를 마주했다.
아이는 입으로 빙수가 한 숟가락씩 들어갈 때마다
환히 웃으며, 몸도 들썩여 가며
제 기분을 마음껏 표현한다.

PART 03 우리 닮았나요?

무성한 잎새 사이로
태어나 처음 듣는 매미 소리가
햇볕만큼 쨍하게 퍼진다.
놀란 두 눈으로 이리저리 살피는 아이.

두
근
두
근

의사 놀이 여파가 컸나 보다.

청진기를 매일 달고 다니더니 이젠 판다 덮개 씌운

선풍기에 제 마음 소리를 들려주고 싶은 것인지…….

뜻 모를 아이의 엉뚱한 행동에

매일 즐거운 회로가 작동하는 건 사실이니까.

수술을 앞둔 아빠를 뵈었다. 자주 보지 않아서인지
저를 부르는 할아버지 주변만 맴돌던 녀석.
낯선 병원 냄새와 많은 사람에 긴장한 티가 역력하다.
돌아가는 길에, 수줍지만 아빠와 나누던
남자의 인사를 의리있게 건넨다.
'주먹 인사, 콩!' 할아버지, 얼른 쾌차하세요!

주먹 인사

네가 친구를 대하는 방법

누워 있을 때부터 옆에 있던 토끼 친구,
제가 직접 고른 판다와 토끼 인형.
한껏 사랑해 하며 부둥켜안고 있다가
어느 순간, 귀를 떼고 벌써우는 아이.
온탕 냉탕, 네 마음의 온도를
전혀 짐작할 수가 없어, 엄마는.

옥
수
수
의

꿈

나만큼이나 좋아하던
네 옥수수의 계절도 지나가는 중이네.

촌스러운 내 입맛마저 닮은
너를 보니 더 사랑스럽다.

목욕탕

목욕을 마치고 잠시 앉혀 놓은 평상에서
아이는 열심히 바나나 우유를 마시고 있다.
얼마나 갈증이 났으면…….
웃음도 나오고 언제 이렇게 컸지?
예나 지금이나 변하지 않는 모습에
아빠의 버킷리스트 하나가
추억을 담아 완료되었네.

와 이라노?

109

매번 실랑이를 벌인다.
양치질하려고만 하면 도망은 기본이고,
납작 엎드려서 입을 막고 아양을 떤다.

"치카치카 사카사카 하자, 응? 제발!"

PART 03 우리 닮았나요?

사
자
후

더운 날씨 탓에 정글북 모글리처럼 다니는 녀석이지만
야생의 포효 따위는 없었는데,
사자후 같은 포효로 "엄……마!"를 외치며
온몸으로 반항하는 녀석.

아이의 첫 반항을 겪으니
여태 자만했던 내가 우스워졌다.

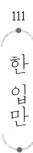

한 입만

먹으라고 살살 달랠 필요도 없다.
이른 아침 아빠의 아침 밥상에 한 입 먹겠다고
매일 달려드는 녀석.
제 식탁에서 먹는 건 고역이더니.

딱, 한 입만…… 한 입만…….

6살 예쁜 누나가
대뜸 그네 자리를 양보하고선 말을 건다.
"우리 집에 같이 갈까?"
6살 누나의 물음에 내 아이 대신
내가 마음속으로 대답했다.

'제발! 같이 놀러 가 주렴.
엄마도 잠깐이라도 쉬고 싶어…….'

❨ 먹고 놀고 쉬고 ❩

예쁜 색깔의 블루베리 스무디도 맘껏 먹고
질기고 질겼던 성게 미역국도 씨름하며 비워 냈다.
여름 끝 무렵이라 하기에 무색할 만큼 수많은 사람이 찾는 이곳,
제주도에서 세 식구의 막바지 여름이 흘러간다.

114

여
름
휴
가

아무리 주위에서 부부만을 위한
여행 코스를 계획하라 하지만,
이미 아이가 중심인 삶이기에
지금 충분히 만족한다.

PART 03 우리 닮았나요?

체크 셔츠

보이지 않는 계절이 제법 가을 같았던 날,
특별한 날 입을 줄 알았던
주황색 체크 셔츠를 꺼내어 입혔다.
그새 자란 것인지 어린이처럼 보였다.
그 모습을 보고 있자니
괜히 마음 한 견이 뭉클해졌다.

장난감 정리

난장의 서막을 알리는 장난감 쏟는 소리가 들린다.

한참 뒤, 집안일을 하던 내게 아이는

제가 여태 가지고 놀던 장난감 바구니를 가져왔다.

적금처럼 조금씩 쌓이다가 어느 순간,

행동으로 말로 보여 주는 너.

머쓱해진 난 그저 네게 미안한 마음만 한가득하다.

204 & 205

117

아빠 껌딱지

외출할 때마다 아빠한테만 껌딱지처럼 달라붙는 아이.

다른 사람이 "아들인데 아빠를 더 좋아하네?"

"엄마가 무섭게 하는구나?" 하고 말할 때마다.

속상한 적도 있다.

물론 지금은 효자라고 생각하지만……

조
금
이
라
도

더

오랜 줄을 기다려 맛집에 들어간다는 건
우리 부부만 있을 땐 일어나지 않는 일이었다.
네가 있는 지금은 조금이라도
더 맛있는 것 더 좋은 것을 찾으려고 노력한다.
네 존재 이전에는 상상할 수 없는 인내를 가지고
점점 부지런해져 간다.

119 (두 갈래 길)

마트에서 돌아오는 길, 오늘도 어김없이 실랑이가 벌어진다.

놀이터로 가겠다는 아이와 당장 짐부터 놓고 나오자는 나.

네 머릿속엔 미끄럼틀에서 신난 널 상상하겠지만,

내 머릿속엔 당장 녹아 흐물거리는 냉동식품이

생각나는 걸 어떻게 해.

아무래도 괜찮지 않아.
걸리버도 아닌데 바닥의 장난감 지뢰를
미처 보지 못하고 매번 부딪히고 만다.
찡하게 밀려오는 아픔보다
내 뒤에서 깔깔거리며 재미난 듯
웃는 녀석 때문에 더

괜찮지 않아!

아
침
인
사

바쁜 출근길 아침이지만, 부자가 현관문 앞에서
반드시 해야 하는 의식이 있다.
먼저, 주먹 인사! 하이파이브! 그리고 대망의 뽀뽀.
그들만의 독특한 인사는
아빠에게는 오늘 하루를 위한 슈퍼 파워
아이에게는 돌아올 아빠를
보내 줄 수 있는 용기와 다짐이 들어 있다.

122 ● 우리 닮았나요?

행동 하나 말소리 하나까지
아들은 아빠를 열심히 쫓는다.
턱을 괴고 메뉴판을 같이 보며
걷는 발자국 방향마저 같이 한다.
문득, '남극의 눈물'에서 본
황제펭귄의 눈물 어린 부정父情이
떠올라 미소 짓다가 금세 뭉클해졌다.

PART 04

네게는 늘
맑음이 되고 싶어

회전목마

회전목마가 서서히 돌아간다.
90cm가 안 되는 아이에게 유일하게 허락된 놀이 기구.
생애 첫 놀이동산 방문에 풍선을 들고
둥실둥실 기뻐 한껏 신난 아이.

돌고 도는 회전목마처럼
네 기분도 둥글게 둥글게 예쁜 모양이다.

댄
스
댄
스

엄마: 지금, 기분 좋아?

아이: 좋아!

그대의 손

남편은 수리나 DIY*랑
거리가 먼 소위 '똥손'이다.
그런 그가 세면대 수도꼭지와 마개 교체를
하겠다며 나선 것이다.
처음 사용한 장비에 손이 베이고 다치고,
그렇게 4시간 가까이 고군분투하며 성공했다.
그런 아빠 곁에서 아이는 구경꾼의 자세로 앉아
응원을 하듯 때론 박수와 웃음을 보낸다.

*DIY: do it yourself의 약어로, 소비자가 원하는 물건을 직접 만들 수 있도록 한 상품을 말한다.

220 & 221

캔
버
스

넓디넓은 도화지 세상.

경계 따위 네게 있을 리 만무하다.

순수하고 용감한 네가 부러울 때가 많구나.

애초에 조막만 한 그림판 따위를 붙여 놓은

내가 미련했던 거다.

"글쎄, 저 음악이 너무 슬픈 거야. 진짜 우는 건 아니야, 괜찮아."
가을이 왔구나 싶었다. 감성적인 음악만 들어도
마음을 두드리는 글귀만 봐도 어느새 눈물이 주르륵…….
아이는 내가 아픈 줄 알고 '엉엉' 소리를 내며
작은 손으로 눈물을 닦아 주기 바쁘다.

가을 감성

코끼리 뿌······우

첨벙첨벙 목욕 중에 물장구치며 놀다가
코끼리 분무기로 비를 실컷 뿌리나 했더니,
코끼리 코를 냅다 잡아 빼더니 한껏 신난 표정을 한다.
욕조 물을 볼 빵빵하게 입안 가득 채우고선
제 입에 코끼리 코를 대고 물을 뿌려 댄다.
재미난 건 결코 지나칠 수 없나 보다.

家 ..
가
족
사
진

부부와 아이, 우리 가족의 주말 모습이다.

소파에 늘어져 앉아 있기라도 하면

아이는 제 친구들을 우리에게

끊임없이 데리고 와 안긴다.

점점 나와 남편은 찰떡같이 닮아 간다.

머
뭇
하
다

감정이 한 번 격해지면 도리도리와 온몸으로
'싫어!' '아냐!'를 급하고 거세게 표현하는 아이.
21개월을 지나는 아이에게 하고 싶은 것과
할 수 있는 것이 다르다고 말하지만……

내가 너무 지쳐 포옹하려고 어르려고
내미는 손이 가끔은 머뭇머뭇할 때가 생긴다.

모닝 댄스(뚜루룻 뚜루)

이미 동요가 십팔번인 생활 속에
내 몸도 점점 창작 동요에 반응한다.
반복적인 후렴구, 귀여운 의성어,
'섬 집 아기' 같은 서정적 동요만 알던
나에게 이건 너무 치명적이야!

나 의 부 모 님 처 럼

난 말도 못 하는 말썽꾸러기였다.
아버지가 아끼던 전축, 전화기 등
모두 내 손을 거치면 망가지기 일쑤였다.
그런데도 부모님은 항상 나의 미숙함을
이해하고 여유롭게 대하셨다.
부모가 된 지금의 난 결코
내 아이 앞에서 여유로울 수가 없다.
아이의 작은 행동에도 조급해하며 바로잡아 주고자
길게 볼 여유 없이 자신을 압박한다.

과거의 날 돌아보면서 사랑에 대해 믿음을
보여 주었던 나의 부모님이 떠오르는 오늘이다.

1980

2017

133

꽃에 둘러싸여

나풀나풀 화려한 날갯짓을 하듯
유아반 핑크빛 공주들이 산책 길을
내려오는 중에 아이와 마주쳤다.
'덥석' 발, 손, 얼굴을 쓰다듬고 매만지며
"우리 동생은 OO예요."도 빼놓지 않는다.

웃어! 네 일생 동안 이렇게 꽃에
둘러싸일 일이 얼마나 있겠느냐.

나는 종종 지지와 보호를 나에게서 받고 난 뒤 아이가 나를 이해하는 듯한
느낌을 받곤 했다. 이게 바로 아이가 내어 주는 사랑과 신뢰임을 깨닫게 되었다.
일방적으로 나만 내어 주는 것이 사랑이라고 착각했다.
나도 분명 '나'이기 때문에 아이한테 사랑을 받는 것이다.

난 뭐든 흉내 낼 수 있어!

'에……엥' 주차장 경보음이 울리는 소리를 흉내 내는 것.

'우……웡' 아침마다 들리는 헤어드라이어 소리

그리고…… '뿌우우웅' "에이, 나 아니야."

아이 앞에선 숭늉도 못 마신다는 옛말이 하나도 그르지 않다!

경주의 아침

길고 긴 추석 연휴 덕에 경주에서 맞이한 아침.

기와지붕이 신기한 듯,

까치집 머리를 한 채 제 친구 판다 인형과

창밖 구경에 여념이 없다.

꽃
피
는

시
기

사시사철 아이가 태어나고 자라면서
가족의 파이가 나의 다섯 배가 되어버린 친구.
넷째가 서우와 동갑인 관계로 육아에 관해
토로하다 보면 이 너른 마음의 육아 선배는
늘 축복 같은 말로 나를 위로한다.
아이는 자신이 태어난 순간부터
그만의 계절을 담고 향기를 머금고
그렇게 무럭무럭 자란다고…….

내가 잊었지만 나 또한 그랬을 것을.
내 아이의 꽃피는 시기를 기다리며
기쁜 눈으로 그렇게 보아 주면 된다.

미
용
실
을

가
다

처음으로 전문가의 손길로 이발하는 날
달콤한 초콜릿도 무기로 준비하여 갔건만
가위 소리, 이발기 소리에 그 좋아하던
초콜릿마저 뱉고 던지며 그렇게 울부짖었다.
너에겐 쌉싸래한 기억으로 남은 첫 미용실 방문기.

던지는 게 좋아

어느 순간부터 아끼던 인형 친구와
붕붕 자동차를 던지는 일이 종종 생겼다.
'인형이랑 자동차를 던지는 걸 보니 화가 많이 났네'
아이의 감정을 읽고 공감해 주어야 하는 일은
매일같이 반복된다.
그런데도 날마다 조금씩
달라지고 있다고 난 널 믿는다.

똥 쌌어?

주말 오후, 찜질방에서 여유를 즐기던 아빠와 아들.
식혜며 삶은 달걀이며 맛나게 먹던 순간,
아이는 잠깐의 정적 뒤에 바지가 묵직해질 만큼
엄청난 똥을 만들어 내었다.
아무리 육아에 능숙한 아빠라지만,
똥과는 아직 데면데면한 사이.
아빠는 그렇게 혼돈과 경악 속에서
재빨리 샤워장으로 뛰었다.

술 한 잔

어쩌다 회식 자리로 늦은 귀가를 하는 날이면
술 못하는 남편은 벌건 얼굴로 조심조심 들어와 씻고는
잠든 아이한테 밤 인사를 하며 하루의 갈무리를 한다.
내 아이보다 내가 조금 컸던 시절,
평소 무뚝뚝하던 아빠가 거나하게 취해 오는 날이면,
까칠까칠한 수염 난 얼굴을 비비며 살갑게
하루의 일과를 물었다.
"반찬은 뭐 먹었어? 아, 멸치 먹었구나!"
"아이고! 그랬구나 그랬어."

술 냄새 폴폴 나는 아빠의 숨 속에
애정이 가득 담긴 내 아빠와 아이 아빠의
술 몇 잔 먹은 날 밤.

1982

2017

246 & 247

매번 거실에서 딩구는 아빠의 주민등록증을
챙겨 놓느라 신경이 쓰였다.
분명 아빠가 아이가 달라는 대로 주었겠지 했는데…….
차근차근 책장을 밟고 올라서더니 팔을 뻗어
상자 속 목표물을 낚아챈다. 숙련된 솜씨! 너였다니…….

이번에도 반갑지 않은 녀석이 놀러 왔다.

코에서 홍수처럼 쏟아지는 콧물 탓에 벌려진

입안이 건조해져서인지 연신 마실 것만 찾아 댄다.

따끈한 죽 한 그릇 내어놓으니

후후…… 버릇처럼 몇 번이나 불어 가며

먹으려는 모습에 마음이 짠해진다.

따뜻한 죽 한 그릇

144

고
장

정리가 되어 간다고 생각한 고민이
여전히 원상태로 남아 있음을
나의 몸 상태를 보고 깨닫게 된다.
마음 쓴다는 것.
다래끼와 코·목감기가
한꺼번에 어깨동무하고 왔으니 말이다.

250 & 251

앉으나 서나

밥 먹을 때나 잠잘 때나
항상 널 안고 있던 시절부터,
말도 하고 뛰기까지 하는 지금도
넌 내 식사 시간에 예고도 없이
종종 끼어든다.

앉으나 서나 엄마의 한 끼 식사는
우아하기 힘들다.

기분 좋아!

쌀쌀한 요즘 아침이면
가끔 내가 먼저 아이의 품을 파고든다.
가만 누워 있으면 콩콩 심장 소리도 들리고
폴폴 올라오는 밤새 누운 쉰 냄새도…….
그저 기분 좋은 아침이다.

1985   2017

데
자
뷔

엄마의 보라색 반소매 티에 그 당시 팔도 라면 'Q라면'을
매직펜으로 신나게 그려 놓았던 나.
어젯밤 내 아이가 통화하는 나의 등판에 보라색 펜으로
무늬를 그려 놓았다. 엄마는 이 이야기에 한참을 웃었지만,
데자뷔처럼 일어나는 요즘 일에 아이가 말썽꾸러기였던
내 어린 시절을 닮을까 봐 두려워지기 시작한다.

처음에는 나의 건망증이라고 생각했다.

분명 보았던 충전 케이블이며, 지우개, 연필, 심지어 안경까지

사라지거나 자리가 바뀌었어도 항상 내 물건을 돌려주는

아이를 일절 의심 안 하던 터였다.

오늘 아침, 아이의 장난감 통을 청소하다가 그렇게 찾아 헤매던

내 물건이 한가득 블록과 섞여 나왔다.

그래…… 이 집에서 나 아니면 너일 텐데.

PART 04 네게는 늘 맑음이 되고 싶어

149 (13kg, 성장의 무게)

매일 아침 비몽사몽 잠에서 깨어서는
나를 일으켜 안아 달라는 아이.
이젠 키도 몸무게도 제법 자란 티가 난다.

150 〈 엄마는 늘 그렇게……. (희생) 〉

엄마는 내가 아이를 낳은 뒤에 오히려 걱정이 늘고
나와의 대화가 부쩍 늘었다.
아마도 당신이 우리 형제를 키울 땐 살기 바빠서
모르고 지나쳤던 모습이 아쉬워서인지
엄마는 늘 그렇게 돌아보며 자식까지 낳은 딸이지만
매번 근심을 달고 날 위하고 내 새끼를 위한다.
엄마란 본래 그런 거라고……
당신의 자리에서 지금도 최선을 다한다.
돌아보면 항상 있어서 고마운 줄 몰랐어.

엄마가 나이 들어가는 걸
내가 간혹 잊게 되네.
미안해, 엄마.

260 & 261

내 귀의 안테나

음절 음절 옹알이를 하던 시절부터
이젠 지시나 청유에 동참하는 널 보며
시간의 속도에 놀란 적도 있는데…….
가끔 어떠한 법칙도 없을 것 같은
외계어를 중얼거릴 때면
난 내 귀의 안테나를 세워서
너에게 주파수를 맞춰 보지만
결코 해석될 리 없는 너의 말들.

262 & 263

152

양 헤 는 밤

어떻게든 안 자려고 시간을 질질 끈다.
무한으로 가져오는 책이나,
밤 중 소꿉놀이는 애교에 속한다.
너의 밤은 매일같이 수많은 양으로 채워진다.

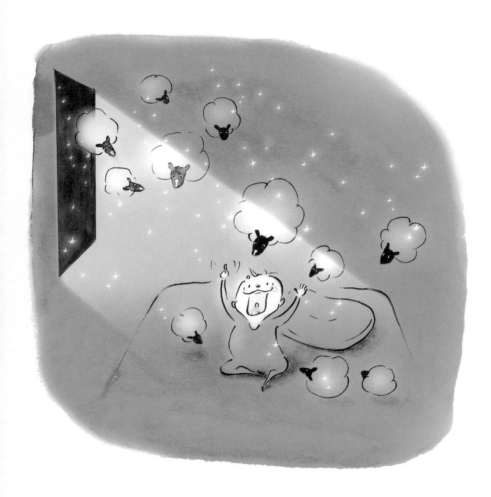

찬
바
람
이

불
면

마우스를 오래 쥐었던 손이자,

점점 무거워지는 아이를 매일 들어 안는

손목은 찬바람이 불면 다시 시려 온다.

부부가 손목을 쥐는 계절은,

아이가 콧물 기침을 어김없이 달고 사는 나날이기도 하다.

하나를 겨우 넘어서면 더 큰 고민거리와
할 일이 버틴다.
숨 좀 고르자,
여태 버겁게 굴러왔단 말이야.

처음부터 완벽한 엄마가
어디 있겠느냐고.

155

뒹구는 잠보

엉덩이를 올리고 쭉 몸을 편 뒤 벽으로 쫙!
뒹굴뒹굴 내 자리야!
영차영차! 다리 운동도 하고…….
범퍼 침대 밖으로 매일 밤 내가 밀려나는 이유.

오물오물 야금야금

삐죽삐죽 뻗친 머리로 아침밥을 조그마한 입에 한입 가득,
오물오물 야금야금 먹는 모습이 그렇게 예뻐 보일 수 없다.

먹는 모습만 봐도 배부르단 말.
지금 엄마 마음이 그래.

세월이 흘러감을 탄식하게 된다.
익숙한 게 많아지고 잃어버릴 게 많아서
좋은 지금이기도 하지만,
하루하루 급하게 세월을, 나이를 먹는 것 같아
몹시도 서글퍼지는 요즘이다.

배냇저고리

지금도 뽀얀 살 내음이 맡아지는 것 같은

배냇저고리, 손발 싸개, 오줌 자국 선명한 이불,

아이의 옷을 정리하면서 3kg에서 13kg이 된

지금의 널 보니 감개무량하다.

내 아이의 거울.

부모의 행동을 그대로 따라 하는 아이라지만,

청소나 빨래 개기를 따라 하는 걸 보면 흐뭇하고 대견하다.

구깃구깃 접어 놓은 옷을 탑처럼 쌓는 아이.

PART 04 네게는 늘 맑음이 되고 싶어

부산에 있는 아빠의 집이자 시댁을 방문하면

항상 싱싱한 생물로 매끼 찌고

구운 생선이 한 상 가득이다.

도미, 갈치, 전갱이, 삼치, 고등어,

전어, 새우, 소라…….

아빠 따라 생선 좋아하는 아이는 맛있게

할머니 표 밥상에서 마냥 행복해한다.

부산에서 돌아오자 다시 밥을 안 먹는 너! 역시!

내 솜씨 탓……인 거냐.

별빛이 흐른다

누군가 내 눈에서 별이 떨어진다고 말한다.
아이와는 좋다가도 기운 빼는 날의 연속이지만,
서로 별일 없이 산다.
그리고 순간순간 아이에게 감동한다.
'내가 널 낳았다니! 진짜 엄마구나, 내가……'

넌 너이기에 사랑받고 나도 그랬을 테지.
분명 엄마가 되어 느낄 수 있는
최고의 감정이 아닐까.

기
막
힌
연
기

얼굴을 감싸고 도리질 치며 바닥에 엎어지듯 쓰러진다.

1초…… 10초…… 얼굴을 빼꼼 든다.

'안 통하네…….'

잔뜩 뾰로통해진 얼굴을 하고선 날 원망스럽게 쳐다본다.

눈물 없이 볼 수 없는 눈물 없는 너의 우는 떼 연기.

모든 타인에게 Yes!

마트에서 아빠 신용카드를
제 것처럼 꼭 쥐고 있던 아이에게 지나가던
할아버지가 귀엽다며 말을 건넨다.
"그거 나 줄래?" 아이에게 장난을 치자,
우리에게도 절대 안 주던 카드를
"응, 네." 해맑게 대답하며 건네는 녀석.
당황했다.
너, 그러는 거 아냐.

변
화

나는 널 데리고 경험해야 할 모든 것
앞에서 늘 두려웠다.
너를 지키기 위해서 모든 일에 예민해졌지만,
새로운 경험을 쉴 새 없이 받아들이며
난 변화하기 시작했어.
아기 엄마를 마주치면 말을 걸어.
안부를 묻고 아이에 관해 대화를 나눠.
타인에게 무관심하던 나인데,

너로 인해 난 상냥한 사람이 되어 간단다.

신호등

때론 빨간불이 들어와
위태롭게 보낼 때도 있다.

매일 직진으로 가는 파란불만 기대할 순 없다.
요즘은 노란불을 켜 두고 조심조심
아이와의 생활을 이어 나가는 중이다.
'쉼' 하며, '숨'을 고르고 조금 더 웃을 수 있도록
힘을 내어 본다.

284 & 285

너와의 세 번째 겨울을 맞이하며

몇 년 전 우리 부부는 안나푸르나 트레킹을 한 적이 있다.

준비 없이 산을 오르다 보니,

체력적으로 금세 한계에 다다랐고,

짊어진 배낭의 무게는 점점 무거워만 갔다.

하지만, 둔해진 몸과는 반대로 서로 의지하며, 손을 잡고,

이끌고, 받쳐 가며 자연을 바라보고 느끼니

마음이 정화되고 평온해졌다.

내 삶도 이 정도 행복하면 되었다는 생각이 들었다.

나는 요즘 짊어졌던 배낭보다

가벼운 아이와 함께 매일 산을 오르는 기분을 느낀다.

매 순간, 위기가 찾아오지만 서로가 치유하고

이끌어 주며 '도전'이 목적이 아닌

'행복'을 위해 오르는 길 말이다.

그리고 생각한다.

지금만큼만 행복하면 된 거라고.

286 & 287